Christian Wilhelm Michael Grein

Das Hildebrandslied nach der Handschrift

Antigonos

Christian Wilhelm Michael Grein

Das Hildebrandslied nach der Handschrift

Unveränderter Nachdruck der Originalausgabe von 1880.

1. Auflage 2024 | ISBN: 978-3-38692-298-2

Antigonos Verlag ist ein Imprint der Outlook Verlagsgesellschaft mbH.

Verlag: Outlook Verlag GmbH, Zeilweg 44, 60439 Frankfurt, Deutschland
Vertretungsberechtigt: E. Roepke, Zeilweg 44, 60439 Frankfurt, Deutschland
Druck: Libri Plureos GmbH, Friedensallee 273, 22763 Hamburg, Deutschland

K gihorta ðat seggen ðat sih [illegible] ænon muo
tin · hiltibraht enti haðubrant untar heriun tuem ·
sunufatarungo · iro saro rihtun garutun se iro
guðhamun gurtun sih iro suert ana · helidos
[ubar] ringa do sie to dero hiltiu ritun · hiltibraht
[gi]mahalta heribrantes sunu · her uuas heroro
man ferahes frotoro her fragen gistuont fohem
uuortum · wer sin fater wari fireo in folche · eddo
welihhes cnuosles du sis · ibu du mi enan sages · ik
mi de odre uuet chind in chunincriche · chud ist
mi al irmin deot · hadubraht gimahalta hilti
brantes sunu · dat sagetun mi usere liuti · alte anti
frote dea erhina warun · dat hiltibrant hætti
min fater · ih heittu hadubrant · forn her ostar
[gi]weit floh her otachres nid hina miti theotrihhe
enti sinero degano filu · her fur laet in lante luttila
[sitten] prut in bure barn unwahsan arbeo laosa ·
her [raet] ostar hina det sid detrihhe darba gi
[stuontun] fateres mines · dat uuas so friunt
[laos] man · her was otachre ummet tirri dega
no [de]chisto unti deotrichhe darba gistontun
her [was] eo folches at ente imo was eo fehta ti leo
[illegible] par · her chonnem mannum ni wa[illegible] iu
[illegible] hebbe [illegible] rmingot quad

hiltibraht obana ab hevaneat dea du neo danahalt mit sus
sippan man dinc ni gileitos. part het do ar arme wuntane
bauga chaisuringu gitan. so imo se der chuning gap
huneo truhtin. dat ih dir it nu bi huldi gibu. hadubraht
gimahalta hiltibrantes sunu. mit geru scal man geba infahan
han ort widar orte [······] ummet spahe
spenis mih mit dinem wortun wili mih dinu speru werpan
pist also gialtet man so du ewin inwit fortos
dat sagetun mi seolidante westar ubar wentilseo dat
man wic furnam. tot ist hiltibrant heribrantes suno
hiltibraht gimahalta heribrantes suno. welaga nu waltant
got (quad hiltibrant) wewurt skihit. ih wallota sumaro enti
wintro sehstic ur lante. dar man mih eo scerita in folc sceotantero so man mir at
burc enigeru banun ni gifasta. nu scal mih suasat
chind. suertu hauwan breton mit sinu billiu eddo
ih imo ti banin werdan. doh maht du nu aodlihho
ibu dir din ellen taoc. in sus heremo man hrusti gi
winnan rauba bihrahanen. ibu du dar enic reht habes
beror doh nu argosto (quad hiltibrant) ostar liuto
dih dir nu wiges warne nu dih es so wel lustit. gudea
gimeinun niuse de motti. werdar sih dero hiutu hregilo
rumen muotti. erdo desero brunnono bedero waltan
dolen tuan te cerist asckim scritan scarpen scurim
dat in dem sciltim stont. do stoptun to samane staim
borte chludun. heuwun harmlicco huitte scilti
unti im iro lintun luttilo wurtun giwigan miti wabnum

Das Hildebrandslied

nach der Handschrift

von Neuem herausgegeben, kritisch bearbeitet und erläutert

nebst Bemerkungen

über die

ehemaligen Fulder Codices der Kasseler Bibliothek

von

C. W. M. Grein.

Mit einer Photographie der Handschrift.

Zweite Auflage.

Kassel.

Georg H. Wigand.

1880.

I. Literatur des Hildebrandsliedes.

Das Fragment eines althochdeutschen Liedes von Hildebrand und Hadubrand, vom Kampf des Vaters mit dem Sohne, dieser kostbare Rest deutscher Dichtung der Vorzeit, dessen einzige Handschrift jetzt eine Hauptzierde der Kasseler Landesbibliothek bildet, war zuerst vor 130 Jahren dem Staube der Vergessenheit entrissen und hat seit Anfang dieses Jahrhunderts vielfach die Freunde altdeutscher Sprache und Literatur beschäftigt, sodass seine Literatur bereits zu einem beträchtlichen Umfang erwachsen ist. Im Folgenden habe ich versucht eine möglichst vollständige Uebersicht derselben, soweit sie mir bekannt geworden, zu geben.

Im Jahre 1729 gab Joh. Georg von Eckhart (Ecardus) in seinen Commentariis de rebus Franciae orientalis tom. I pag. 864 bis 902 unter dem Titel „Fragmentum Fabulae Romanticae, Saxo-„nica dialecto seculo VIII. conscriptae, ex codice Cassellano" ein wenig getreues Facsimile der 14 ersten Zeilen, einen vollständigen Abdruck des Textes als Prosa mit nebenstehender lateinischer Ueber-setzung sowie sprachliche und historische Erläuterungen dazu. Diese umfangreiche Arbeit enthält, wie es für die damalige Zeit kanm anders zu erwarten, zalreiche Irrtümer und Misverständnisse, sodass sie mit sehr geringen Ausnahmen heutzutage ganz unbrauchbar ist.

Nach einer langen Zeit der Ruhe richtete zuerst wieder W. Fr. H. Reinwald die Aufmerksamkeit auf unser Lied und gab, ohne sich dabei zu nennen, im Neuen literarischen Anzeiger 1808 Spalte 33 — 47 den Text nach Eckhart, nicht nach der Handschrift selbst, mit nebenstehender deutscher Uebersetzung und mit sprach-lichen Erläuterungen heraus. An mehreren Stellen traf er aller-dings seinem Vorgänger gegenüber das Rechte; aber an vielen Stellen behielt er theils die alten Irrthümer bei, theils stellte er ihnen neue gegenüber.

Den Weg zum eigentlichen Verständnisse bahnten erst die Gebrüder Grimm. Nachdem sie im Museum für altdeutsche Literatur und Kunst II, 313 ihre Entdeckung bekannt gemacht, dass unser bis dahin für Prosa gehaltenes Fragment der Alliterationspoesie angehöre, veranstalteten sie nach der Handschrift selbst eine neue Ausgabe desselben in dem Buche:

> Die beiden ältesten deutschen Gedichte aus dem achten Jahrhundert: das Lied von Hildebrand und Hadubrand und das Weissenbrunner Gebet zum erstenmal in ihrem Metrum dargestellt und herausgegeben durch die Brüder Grimm. Cassel 1812. 4°.

Hierin gaben sie den urkundlichen Text, sodann einen berichtigten Text, eine Uebersetzung und Umschreibung, sprachliche Anmerkungen, eine Beschreibung der Handschrift, Untersuchungen über Sprache und Alter, über die metrische Form, über das Fortleben des Liedes und über die Sage selbst.

Diese Ausgabe ward ausführlich recensiert von Görres in den Heidelb. Jahrb. 1813, Nro. 22—23, und eine kurze anonyme Recension erschien im 9. Stück der Gött. gel. Anz. 1813.

Aus Grimm's Ausgabe nahm der Franzose Gerard Gley, der Wiederentdecker des Bamberg-Münchener Heliandcodex, das Lied mit französischer Uebersetzung auf in sein Buch:

> Langue et litterature des anciens Francs. Par G. Gley. Paris 1814. 8°.

Im Jahr 1813 theilte Jacob Grimm in den Altdeutschen Wäldern Bd. I, 123 — 125 und 324 — 330 weitere berichtigende Beiträge zur Erklärung unseres Liedes mit und W. Grimm lieferte ebend. S. 188 — 194 einen Aufsatz über Otacher. In Bd. II (1815) gab darauf J. Grimm nochmals einen berichtigten Abdruck mit ferneren Erläuterungen (S. 97—112) und machte zugleich S. 113— 115 den Versuch einer ziemlich starken Reinigung des Textes.

Aus den altdeutschen Wäldern gieng der Text über in Franz Budde's Chrestomathie zur Geschichte der deutschen Sprache und Poesie, Münster 1829, und in demselben Jahr besprach W. Grimm den Inhalt des Liedes in seinem Buch über die deutsche Heldensage.

Eine neue Periode aber begann, als ein Jahr später W. Grimm
sein Facsimile der Handschrift herausgab unter dem Titel:

De Hildebrando antiquissimi carminis Teutonici fragmentum
edidit Guilelmus Grimm. Gottingae 1830. fol.

dem er eine Selbstanzeige im 48. Stück der Gött. gel. Anz. 1830
folgen liess. Zugleich machte er dabei die Entdeckung bekannt,
dass unser Lied von zwei verschiedenen Händen geschrieben sei,
worauf ich bei der Beschreibung der Handschrift zurückkommen
werde.

Diesem Facsimile folgte nun Lachmann's classische Arbeit
über das Hildebrandslied, gelesen in der Berliner Akademie der
Wissenschaften am 20. Juni 1833, abgedruckt in den hist. philol.
Abh. der Akad. aus dem Jahr 1833, S. 123—162, wovon auch ein
Separatabdruck erschien. Darin gab er einen berichtigten Text mit
Uebersetzung und eine reiche Zahl von kritischen, sprachlichen und
metrischen Erläuterungen. Ein besonderer Abdruck des Textes aus
dieser Abhandlung aber, zur Vertheilung an Freunde bestimmt, kam
nicht in den Buchhandel.

Eine neue kritische Bearbeitung des Textes gab W. Wackernagel in seinem Altdeutschen Lesebuch (1. Aufl. 1835, S. 13 ff.
und 2. Aufl. 1839, S. 63 ff.). Adolf Ziemann's Text in seinem
Altd. Lesebuch 1838 bietet ausser der Ergänzung spenis mih [in
fára] nichts Neues. Folgendes einen Druckbogen starke Schriftchen aber mit seinen wunderlichen Erklärungen verdient nur seiner
Curiosität halber eine Erwähnung:

Das Lied von Hiltibraht und Hadubrand, das älteste Denkmal altdeutscher Heldendichtung in einigen seiner schwierig-
sten Stellen erläutert im Gegensatz der Grimm'schen Erklärung von Wilhelm Mohr. Marburg 1836. 8°.

Im Jahr 1840 gab Karl Roth in seinen Denkmälern der
deutschen Sprache vom 8. bis zum 14. Jahrhundert S. 14—21 den
Text als Prosa gedruckt mit gegenüberstehender Uebersetzung und
einigen Anmerkungen. W. Müller versuchte 1843 in Haupt's Zeit-
schrift f. d. A. III, 447 — 52 eine Abtheilung unseres Liedes in
dreizeilige Strophen zu bringen, wie er dort gleichzeitig das Muspilli in
vierzeilige Strophen abtheilte (vgl. Mager's pädag. Revue XI, 7, 50 f.).

Eine neue mit grossem Scharfsinn verfasste kritische Bearbeitung nebst einer metrischen Uebersetzung lieferte Feussner zu-

gleich mit den übrigen Ahd. Alliterationsgedichten in dem Hanauer Gymnasialprogramm vom Jahr 1845 unter dem Titel:

> Die ältesten alliterierenden Dichtungsreste in hochdeutscher Sprache, das Hildebrandslied, die Merseburger Zaubersprüche, das Wessobrunner Gebet und Muspilli. Berichtigte Urschrift mit metrischer Uebersetzung in der ursprünglichen Versform und Anmerkungen von Dr. H. Feussner. Abth. I: Text und Uebersetzung der Gedichte. Anmerkungen zum Hildebrandslied. Hanau 1845. 4°.

Im folgenden Jahr erschienen zwei Bearbeitungen, die eine in G. K. Frommann's Altdeutschem Lesebuch (mit Wörterbuch), die andere in einer besonderen Ausgabe mit dem Titel:

> Hildibraht und Hadhubraht. Das Bruchstück eines altdeutschen Sagenliedes aus handschriftlicher Verderbnis wieder hergestellt und erläutert von Dr. Christian Wilbrandt. Rostock 1846. 8°.

Diese letztere Arbeit steht da als ein Zeugnis, auf welche Abwege schrankenlose Hyperkritik verbunden mit einer überfruchtbaren Phantasie zu führen vermag. Ergötzlich klingt es, was uns der Verfasser all Schönes zu erzählen weiss von der 3 — 4 fachen Bearbeitung, welche unser Lied erfahren habe, bis es die uns vorliegende Gestaltung angenommen, und das alles stellt er mit einer solchen Gewisheit hin, als habe er die 3 — 4 Handschriften, welche nach seiner Meinung der unsrigen vorangiengen, mit leiblichen Augen geschaut. Nicht weniger originell ist der Hauptgrundsatz seiner Textkritik und die Art und Weise, wie er uns denselben darlegt: „Plötzlich über-„raschend, ja erschreckend ward mir klar: zwölf Silben hatten die „Sänger in jedem Vers gesungen, und keine mehr noch minder müsse „der letzte Sänger zu Pergament geliefert haben. Das Runde der „Zahl überredete . . . . Kein Zweifel durfte mir die Freude „an dem Fund verderben. Ich machte mich ans kritische Kürzen „und Strecken der poetischen Glieder. Es gieng von Statten." Ja wol gieng es von Statten, und nur allzu gut, sodass man den überlieferten Text in dieser Verunstaltung kaum wiedererkennt.

Im Jahr 1850 vereinigten sich Vollmer und Hofmann in München zu einer neuen Ausgabe mit dem Titel:

> Daß Hildebrandslied heraußgegeben von Al. Vollmer und K. Hofmann. Leipzig 1850. 4°.

angezeigt von Schmeller in den Münch. gel. Anz 1850, XXXI, Nr. 12. Sie gaben den urkundlichen Text, einen berichtigten Text, eine Umdichtung ins Altsächsische, Anmerkungen und zum Schluss sogar eine alliterierende Uebersetzung ins Gothische.

Zugleich veranlasste diese Ausgabe, dass **Massmann** in den Münch. gel. Anz. 1850, XXXI, Nr. 57 — 61 in Form einer Recension einen längeren nicht allzu sorgfältig redigierten Aufsatz über unser Lied lieferte, gegründet auf eine sorgfältige und bis ins Einzelste gehende Collation des Facsimile's mit der Handschrift; aber nicht Massmann selbst hat diese Collation ausgeführt, sondern sie ist ihm von Cassel aus geliefert worden, obwol er dies mit keiner Silbe erwähnt. Uebrigens scheint er das ihm Gelieferte an mehreren Stellen misverstanden zu haben; denn nur so lassen sich mehrere Irrtümer in Betreff der Handschrift bei ihm erklären; am auffallensten ist, was er Sp. 467 über *dǥ* sagt: diese ganze Bemerkung ist geradezu zu streichen. Ausserdem gab er vielfache kritische und sprachliche Bemerkungen und sonstige Erläuterungen.

Auch das folgende Jahr brachte wieder eine neue Ausgabe unseres Liedes in Verbindung mit den Merseburger Zaubersprüchen im Jahresbericht des katholischen Gymnasiums zu Köln unter dem Titel:

> Die Ueberreste deutscher Dichtung aus der Zeit vor der Einführung des Christenthums. Vom Oberlehrer W. Pütz. Köln 1851. 4°.

mit Uebersetzung, Anmerkungen und Untersuchungen über den Inhalt, das Verhältnis zur Sage, die Sprache und den Versbau.

Gleichzeitig lieferte **Alex. Vollmer** in K. Roth's Kleinen Beiträgen Heft III, 1851 zwei neue Uebersetzungen des Liedes ins Altsächsische und ins Altsüddeutsche (S. 91 — 99), eine Nhd. Prosaübersetzung (S 160 — 162) und unter der Rubrik „sprachliche Bemerkungen" einen kritischen Versuch über Zeile 9 — 11 der Handschrift (S. 149 — 151).

In den Münch. gel. Anz. 1855, XL, Nr. 6 — 7 endlich veröffentlichte K. **Hofmann** einen Aufsatz „über das Hildebrandslied, besonders über die in demselben vorzunehmenden Umstellungen."

Ausserdem ist das Lied zu verschiedenen Zeiten in eine ziemlich beträchtliche Zahl altdeutscher Chrestomathien aufgenommen und fand in den Literaturgeschichten eine bald mehr bald weniger ausführliche Besprechung. Auch dürfen wol noch in andern als den oben angeführten kritischen Zeitschriften Recensionen der einen oder andern Bearbeitung sich finden, die mir entgangen wären. Uebrigens führt Pütz noch namentlich folgende Werke als solche an, welche Beiträge zur Kritik oder zur Erklärung des Hildebrandsliedes enthalten:

> G. H. F. Scholl Deutsche Literaturgeschichte in Biographien und Proben aus allen Jahrhunderten. Stuttgart 1844.

> F. W. Reimnitz Leitfaden zu einem wissenschaftlichen Unterricht in der deutschen Grammatik und Literatur. 2. Aufl. mit Wörterbuch. Cottbus 1844.

> Simrock altdeutsches Lesebuch. Bonn 1851.

die ich oben nicht mit aufführte, da ich sie nicht aus eigner Anschauung kenne.

Eine Vergleichung des Hildebrandsliedes mit der Iranischen Sohrabsage stellte Carl Anthes 1856 an im Weimarischen Jahrbuch Bd. IV, S. 1 — 10.

II. Die Handschrift des Hildebrandsliedes und die übrigen alten Fulder Codices der Kasseler Bibliothek.

Der Pergamentcodex der Kasseler Bibliothek Theol. fol. 54 mit der alten Signatur „Liber sapientiæ XXXVIII. ord. 10.“, welcher auf der Vorderseite des ersten und der Rückseite des letzten Blattes unser Fragment enthält, besteht aus 76 Blättern Kleinfolio in 9 Lagen, von denen die sechste (nicht, wie die Brüder Grimm angaben, die fünfte) und die neunte je 10, die sieben übrigen dagegen je 8 Blätter umfassen. Der theologische Inhalt besteht aus folgenden Stücken:

1) Blatt 1^b: Oratio et preces contra obloquentes.

2) Blatt 2^{a-b}: Vorrede des Hieronymus zu den Büchern Salomo's, ohne Ueberschrift. *„Jungat epistola, quos jungit sa-*„cerdotium . . . . *suum saporem seruauerint.“*

3) Blatt 2^b: Vorrede eines Kirchenvaters, der die lateinische Uebersetzung der 3 canonischen Bücher Salomo's nach der Septuaginta emendierte (Hieronymus als Emendator der

Itala?), ohne Ueberschrift. „*Tres libros Salomonis id est* „*prouerbia ecclesiasten canticum canticorum ueteri* **LXX.** *inter-* „*pretum auctoritati reddidi* . . . . *tantummodo cano-* „*nicas scripturas uobis emendare desiderans et studium meum* „*certis magis quam dubiis commodare.*"

4) Blatt 2ᵇ — 3ᵃ: Vorrede des Enkels von Jesus Sirach, der seines Grossvaters Werk ins Griechische übersetzt, ohne Ueberschrift. „*Multorum et magnorum per legem et prophe-* „*tas aliosque qui secuti sunt illos sapientiam demonstratam* .. „· . . . . . *qui secundum legem domini proposuerint agere* „*uitam.*"

5) Blatt 3ᵃ — 4ᵃ: 49 Capitelüberschriften zum Buche der Weisheit.

6) Blatt 4ᵇ — 8ᵇ: Ungefähr ²/₃ der 23. Homilie des Origenes in Numeros, mit der Ueberschrift: „*Finit* XXII. *Incipit* „XXIII *de eo quod scriptum est munera mea data mea et* „*diuersitates festiuitatum;*" dann der Text: „*Si obseruatio* „*sacrificiorum et instituta legalia quae in typo data sunt* . . . . „· . . . *si perfecta loquimur si robusta si fortia carnes uobis* „*uerbi dei adponimus comedendas. Ubi enim mysticus sermo* „*ubi dogmaticus.*"

7) Blatt 9ᵃ — 23ᵃ: Das Buch der Weisheit, mit der Ueber-schrift: „*Incipit liber Sapientiae,*" und dem Text: „*Diligite* „*iustitiam qui iudicatis terram* . . . . *et in omni loco* „*adsistens eis.*"

8) Blatt 23ᵃ — 24ᵇ: 127 Capitelüberschriften zum Ecclesiasti-cus; am Schluss derselben steht: „*Expliciunt capitula libri* „*hiesu filii Syrach.*"

9) Blatt 25ᵃ — 76ᵃ: Das Buch Jesu Sirach, ohne Ueberschrift: „*Omnis sapientia a domino deo est* . . . . *et dabit* „*uobis mercedem uestram in tempore suo.*" und hierauf die Unterschrift: „*huc usque in grecis habentur.*"

10) Blatt 76ᵃ: Gebet Salomo's, liber regum III, 8^{22-31} der Vulgata, aber von dem Texte der letzteren stark abwei-chend. „*Et inclinauit Salomon genua sua in conspectu* „*totius ecclesiæ Israel et aperuit manus suas ad celum et* „*dixit. „Domine deus Israel* . . . . *et exaudias et* „*propitius sis, si peccauerit uir iuxta te. Explicit.*"

Dass Blatt 9ₐ — 76ᵃ d. h. von Beginn der zweiten Lage an von einer andern Hand geschrieben ist als 1ᵇ — 8ʰ, haben bereits die Brüder Grimm 1812 hervorgehoben und die wichtigsten charakteristischen Unterschiede in den Schriftzügen beider Hände genauer angegeben, weshalb ich hier nur einige ergänzende Bemerkungen hinzufüge. Bei der ersten Hand (nach Grimm's Bezeichnung) ist das Wort e s t theils ausgeschrieben theils durch das Zeichen ᴐ ausgedrückt. Bei der zweiten Hand ist nicht, wie es bei Grimm heisst, das oben offene *a* die einzige Form für diesen Buchstaben, sondern es tritt daneben auch das oben geschlossene *a* sowie die dritte Form **a** auf. Endlich erstreckt sich die Verschiedenheit beider Hände auch noch auf andere als die von Grimm hervorgehobenen Buchstaben namentlich auf *l, q, b*. Auf Blatt 9 — 76ᵃ finden sich hin und wieder Correcturen und Einschaltungen, wie es scheint, von der Hand des zweiten Schreibers.

Wieder von anderer Hand geschrieben scheint das Hildebrandslied (Blatt 1ᵃ und 76ʰ), wenn nicht von zwei verschiedenen Händen (s. u.); die *r, g, b* und *l* haben im Allgemeinen dieselbe Form wie auf Blatt 1ᵇ — 8ʰ, weshalb W. Grimm 1830 den grösseren Theil des Hildebrandsliedes eben jenem zweiten Schreiber zusprach, der hier nur weniger sorgfältig geschrieben habe. Die Eigenthümlichkeiten der Schrift sind theils von den Brüdern Grimm 1812 theils von Massmann ausführlich angegeben: des Letzteren Bemerkungen veranlassen jedoch zu einigen Gegenbemerkungen. Bei den Ags. *w* fehlt der darüber stehende Haken in w a s Z. 20, h e r w a s 22, w u n t a n e 26, w i d a r 30 und w a m b n u m 53: in allen übrigen Fällen ist der Haken deutlich vorhanden. In Z. 28 soll nach Massmann in h a d u b r a h t der obere Strich des zweiten *h* angeschabt sein: im MS. erscheint er von oben bis unten in voller Schwärze ohne die geringste Spur einer Rasur; im Facsimile erscheinen öfters einzelne Schriftzüge blässer als im MS. selbst, wie es beim Steindruck unvermeidlich ist. Auch bei dem zweiten *h* in h i l t i b r a h t Z. 2 nöthigt das MS. nicht grade zur Annahme einer Rasur: vielmehr scheint die Durchbrechung des oberen Theils vom *h* die Folge eines kleinen horizontalen Bruchs im Pergament, welcher links vom vorhergehenden *b* beginnend bis durch das *h* läuft und unmittelbar hinter diesem in eine kleine kreisrunde Vertiefung im Pergament endigt. Ferner sagt Massmann Sp. 468, in h e w u n Z. 52 zeige das MS. die Spur eines am *w* erscheinenden *u* (hewuun): dies ist nicht der Fall; das *w* hat hier nur dadurch eine ungewöhnliche Gestalt, dass seine Schlinge nicht abgerundet sondern rhombisch erscheint; Grimm's Facsimile ist bei diesem *w* dahin zu berichtigen, dass der untere Querstrich sich unmittelbar an das untere Ende des hinteren Verticalstrichs anschliessen muss. Eher möchte ich in dem hier wie bei f o r t o s 32 übergeschriebenen Haken (v) eine Correctur dieser Wörter in h e u - w u n und f u o r t o s sehen. Ausserdem hat das MS. nach s u n u f a - t a r u n g o einen Punkt, der im Facsimile fehlt.

In der Vorrede zum Facsimile sowie in seiner Selbstanzeige desselben sprach W. Grimm die Beobachtung aus, dass die erste Seite des Hildebrandsliedes und die letzte Seite vom Worte i n w i t an bis zu Ende von einer Hand, die zwischenliegenden 8 Zeilen aber bis zum Worte e w i n von anderer Hand geschrieben seien. Die zum Beweise dieser Behauptung von ihm aufgestellten Gründe hat zwar Massmann Sp. 469 auf überzeugende Weise widerlegt; aber gleichwol ist damit die Richtigkeit der Behauptung selbst noch keineswegs umgestossen: das allgemeine Aussehen der Schrift in jenen 8 Zeilen sticht schon im Facsimile und noch weit mehr in der Handschrift selbst so auffallend von dem Vorhergehenden und dem Nachfolgenden ab, dass es schwer hält in beidem die Hand eines und desselben Schreibers zu erkennen, wenn auch die Form der Buchstaben im Allgemeinen und die Orthographie abgesehen von g i m a l t a keine wesentliche Verschiedenheit darbieten.

Auf der hinteren Innenseite des Einbandes ist als Schutzblatt ein Blatt aus einer älteren lateinischen Handschrift theologischen Inhalts mit angelsächsischen Buchstaben geschrieben aufgeklebt, das in sofern Beachtung verdient, als es zwei Ahd. Eigennamen (wahrscheinlich die Namen zweier Fulder Mönche) enthält, dieselben sind, am Rande und in einem Zwischenraume zwischen den Zeilen stehend, ausser aller Beziehung zum sonstigen Inhalt des Blattes und wurden wol erst geschrieben, nachdem das Blatt bereits seine Verwendung zum Einband unseres Codex gefunden hatte. Den mehrmals wiederkehrenden Namen U a g a r o l f erwähnten bereits die Brüder Grimm und erinnerten dabei an den Fulder Abt B a u g u l f, eine Zusammenstellung, welche nochmals K. Roth 1840 wiederholte: allein diese beiden Namen sind sicher nicht identisch; vielmehr ist wol eher unser Name als W a g a r o l f zu nehmen nach dem von Förstemann angeführten Frauennamen **Wagarhilt**. Ein **Unaccarolf** erscheint in dem Fulder Necrologium bei Dronke unter dem Jahre 905; weiter ab liegen der Form nach die Namen **Warolf** in den Tradit. Fuld. unter dem Jahr 889 und **Wagolf** im Necrol. Fuld. a. 782, 867 und 900. Eine andere Möglichkeit wäre, dass **Uagarolf, Ôgarolf** stehe: doch finde ich einen solchen Namen nirgends. Die beiden Wörter, welche in Verbindung mit unserem Namen auftreten (s. d. Photographie), weiss ich nicht zu deuten. Der zweite auf demselben Blatt erscheinende Namen ist **Herirat**: auf dem vorderen Rande nemlich befindet sich eine (mit einem Stempel gedruckte?) schwarze Verzierung und darunter sind auf dem Kopfe stehend mit sehr kleiner Schrift die Worte **herirat fecit** geschrieben; dieser Name findet sich im Necrol. Fuld. unter den Jahren 787, 837 und 955, während **Herrat** ebendaselbst a. 967 und in den Trad. Fuld. a. 900 auftritt.

Es ist schon öfter von Anderen, zuerst von Eckhart, ausgesprochen worden, dass unser Codex aus der einst an Handschriften so reichen, aber im 17. Jahrhundert auf eine noch immer rätselhafte Weise verschwundenen Bibliothek der Benedictinerabtei zu Fulda stamme, ohne dass bisher ein Beweis für diese Behauptung geliefert wäre. Es dürfte daher hier wol am Platze sein, etwas genauer auf diese Frage einzugehen. Die Brüder Grimm sagten, Eckhart führe ausser unserem Codex auch noch andere Casseler ehemals Fulder Handschriften an: ich finde es bei ihm nur noch von jenem Codex erwähnt, welcher die Casseler Glossen und die Exhortatio ad plebem Christianam enthält (Theol. 4° 24). Im Jahr 1812 veröffentlichte **Nicolaus Kindlinger** in dem anonymen Schriftchen:

> Katalog und Nachrichten von der ehemaligen aus lauter Handschriften bestandenen Bibliothek in Fulda, Leipzig und Frankfurt a. M. 1812. 8°.

einen aus der ersten Hälfte des 16. Jahrhunderts stammenden Katalog jener Bibliothek, welcher 794 Bände umfasst, vertheilt in zehn Reposituren zu je vier Reihen oder Ordnungen, und von dem er eine im Jahr 1561 angefertigte Abschrift in Fulda aufgefunden hatte. Dieser Katalog gibt uns ein Mittel an die Hand, mit ziemlicher Sicherheit diejenigen Casseler Pergamenthandschriften zu bestimmen, welche aus Fulda stammen: wie und wann sie aber nach

Cassel gekommen sind, darüber ruht freilich ein undurchdringliches Dunkel.

Bei den meisten in jenem Katalog verzeichneten Handschriften ist nemlich noch eine zweite Signatur angegeben, welche auf einer Eintheilung der Bibliothek in 48 Classen (ordines) beruht, indem entweder blos die Nummer der Classe oder, was am häufigsten der Fall ist, zugleich auch die Nummer des Bandes innerhalb dieser Classe angegeben ist: diese neue Eintheilung erhielt nach Kindlinger die Bibliothek in der Mitte des 16. Jahrhunderts, und so fand sie auch noch Peter Bertius, der Ordner der akademischen Bibliothek zu Leyden, im Anfang des 17. Jahrhunderts vor. Nun stehen, worauf mich zuerst Herr Dr. Schubart aufmerksam machte, eben diese zweiten Signaturen in Verbindung mit der kurzen Inhaltsangabe, wie sie der Fulder Katalog enthält, in sehr fetter Mönchschrift, welche recht wol dem 16. Jahrhundert angehören kann, auf dem Einband einer Reihe von Pergamenthandschriften, und zwar die Nummer des Ordo in römischen, die des Bandes, wo sie angegeben ist, in arabischen Ziffern. Diese Aufschriften stehen entweder auf einem besonderen aufgeklebten Pergament- oder Lederstreifen oder unmittelbar auf dem Einband selbst, oder es ist endlich beides vereinigt. Auf diese Weise ergeben sich zunächst folgende 12 Codices der Casseler Bibliothek mit völliger Sicherheit als Reste der alten Fulder Bibliothek:

Theol. fol.	24 ..	Kindl.	69^2	Theol.	fol.	6 ..	Kindl.	69^{15}
„ „	31 ..	„	72^7	„	„	24 ..	„	74^{12}
„ „	36 ..	„	80^3	Philol.	4^0	1 ..	„	86^{62}
„ „	**54** ..	„	**50**^{10}	„	„	3 ..	„	78^8
„ 4^0	1 ..	„	74^6	Astron.	fol.	2 ..	„	80^{11}
„ „	3 ..	„	78^6	„	4^0	1 ..	„	88^{45}

wobei nur zu bemerken ist, dass bei Kindlinger unter 72^7 und 78^6 die Zahlen 22 und 36 jedenfalls Druckfehler für 29 und 26 sind, und dass auf dem Codex Theol. 4^0 24 bloss die Nummer des Ordo ohne die Nummer des Bandes steht.

Ausserdem aber sind es noch neun andere Codices, auf deren Einband mit derselben Schrift wie bei den obigen eine kurze Inhaltsangabe steht, wie sie sich im Fulder Catalog verzeichnet findet, in Verbindung mit der Angabe von Ordo und Nummer, nur dass letztere Signatur im Fulder Katalog nicht mit beigeschrieben ist; es sind dies folgende:

Theol. fol. 21 . . . . . Kindl. 57[1]
„ „ 22 . . . . . „ 57[9] oben
„ „ 25 . . . . . „ 62[8] oben
„ „ 29 . . . . . „ 65[5] oben
„ „ 30 . . . . . „ 53[15]
„ „ 44 . . . . . „ 51[1] unten
„ „ 44 . . . . . „ 59[5]
„ 4° 2 . . . . . „ 62[10] (eig. Folio)
„ „ 10 . . . . . „ 53[14]

die daher sicherlich gleichfalls aus Fulda stammen. Hierzu kommen noch zwei weitere, die höchst wahrscheinlich ebenfalls hierher gehören: auf der Vorderseite des Einbandes zeigen sich bei beiden deutliche Spuren eines aufgeklebt gewesenen Streifens, der wahrscheinlich die Inhaltsangabe nebst Signatur trug, leider aber abgesprungen und verloren ist. Das eine ist Theol. 8° 5, eine sehr alte Handschrift, deren Buchstaben gleichen Charakter wie bei Theol. 4° 10 zeigen und welche den lateinischen Text der Apokalypse nebst den dreizehn ersten pseudo-augustinischen Homilien darüber enthält (vgl. Kindlinger 75[20] unten und 73[24]). Der andere Codex ist Theol. 4° 26, enthaltend Sulpicii Severi vita Sancti Martini (vergl. Kindlinger 75[20] oben). Endlich halte ich auch MS. Theol. fol. 23, bei welchem die Schalen des Einbands verloren sind, für identisch mit dem bei Kindlinger S. 57, 4 verzeichneten Codex. Ueber einige andere, darunter den Codex des Servius, wage ich jetzt noch nicht zu entscheiden.

Wir haben somit unter den Casseler Pergamenthandschriften 21 Bände, von denen wir mit Sicherheit behaupten können, dass sie aus Fulda stammen, darunter den Codex des Hildebrandsliedes, und noch drei andere, bei denen es ziemlich wahrscheinlich ist. Kindlinger sagt S. 45: „Auf der Bibliothek zu Hessen-Cassel, welche „vor der Errichtung des jetzigen Museums im zweiten Stock des „Marstalls (über dessen Eingang die Inschrift pro mulis et musis „stand) aufgestellt war, befanden sich im Jahr 1776 noch 17 Hand- „schriften aus der ehemaligen fuldischen Bibliothek, und unter diesen „Catechesis theodisca Rabani (auf dem Titel stand Stur- „mionis)“, gibt aber leider nicht an, worauf sich diese Nachricht gründet. Jetzt ist die Catechesis theotisca nicht mehr auf der

Casseler Bibliothek, und auch der Handschriftenkatalog der letzteren, der erst nach jenem Jahre angefertigt ist, enthält keine Spur davon: kam der Codex etwa bei der Uebersiedelung der Bibliothek in das Museum Fridericianum abhanden? Aber auch schon in dem mehrgenannten alten Fulder Katalog finde ich ihn nicht verzeichnet und ebenso wenig geschieht seiner Erwähnung bei Eckhart in dessen Buche „Incerti monachi Weissenburgensis Catechesis theotisca . . . „Hanov. 1713,“ noch auch in seiner Francia orientalis.

Gegenwärtig bin ich damit beschäftigt, den Inhalt dieser alten Fulder Handschriften der Casseler Bibliothek genauer zu untersuchen und zu verzeichnen, da der bisherige Handschriftenkatalog dieselben nur nach jenen alten Aufschriften auf dem Einband eingetragen enthält, diese aber oft nur einen kleinen Theil des wirklichen Inhalts umfassen und selbst diesen nicht immer genau bezeichnen. Sobald diese Arbeit beendet ist, werde ich sie in Verbindung mit einer genaueren Beschreibung der einzelnen Codices veröffentlichen, weshalb ich hier nicht weiter auf diesen Gegenstand eingehe.

III. Handschriftlicher Text des Hildebrandsliedes.

I.

Ik gihorta đat seggen đat sih urheitun ænon muo
tin . hiltibraht enti hađubrant . untar heriuntuem
su nu fatarungo. Iro saro rihtun garutun še iro
guđhamun . gurtun sih . iro . suert ana . helidos
5. ubar ringa do sie to dero hilt u ritun . hiltibraht
gimahalta heribrantes sunu . her uuas heroro
man ferahes frotoro . her fragen gistuont fohem
uuortum . ẅer sin fater ẅari fireo In folche eddo
ẅelihhes cnuosles dusis . ibu du mi ęnan sages . ik
10. mi deo dreuuet chind In chuninc riche . Chud ist
min alirmin deot . hadubraht gimahalta hilti
brantes sunu dat sagetun mi usereliuti alte anti
frote dea êr hina ẅarun . dat hiltibrant hætti
min fater . ih heittu hadubrant . forn her ostar
15. gih ueit flohher otachres nid hina miti theotrihhe
enti sinero degano filu . her fur laet In lante luttila
sitten prut In bure barn unẅahsan arbeo laosa.

hera& ostar hina d& sid detrihhe darba gi
stuontum fatereres mines . dat uuas so friunt

20. laos man herwas otachre ummettirri dega
no dechisto unti deotrichhe darba gistontun
her was eo folches at ente imo wuas eo feh&a tileop
chud ŵas her chorinem mannum ni ŵaniu ih
iu lib habbe . w&tu irmingot quad.

II.

25. hiltibraht obana abheuane dat du neo danahalt mit sus
sippan man dinc nigileitos . ŵant her do ar arme wuntane
bouga cheisuringu gitan . so Imo seder chuning gap
huneo truhtin. . dat ih dirit nubi huldi gibu . hadubraht
gimalta hiltibrantes sunu . mit geru scal man geba Infa

30. han ort widar orte . du bist dir alter hun ummet spaher
spenis mih mit dinem ŵuortun ŵilimih dinu speru ŵer
pan . pist also gialt& man so du eŵin Inŵit fŏrtos .
dat sagetun mi sẹo lidante westar ubar ŵentil seo dat
inan ŵic furnam . tot ist hiltibrant heribrantes suno

35. hiltibraht gimahalta heribres *) suno . ŵelagisi hu ih
In dinem hrustim dat du habes heme herron goten
dat du noh bi desemo riche reccheo ni ŵurti . ŵela
ganu ŵaltant got quad hiltibrant ŵeŵurt skihit .
ih ŵallota sumaro enti ŵintro sehstic urlante . dar

40. man mih eo scerita In folc sceotantero soman mir at
burc ẹnigeru . banun nigi fasta. Nu scal mih suasat
chind . suertu hauŵan breton mit sinu billiu eddo
ih imo ti banin ŵerdan . doh maht dunu aodlihho
ibu dir din ellen taoc. In sus heremo man hrusti gi

45. ŵinnan rauba bihrahanen . ibu du dar enic reht ha
bes . der si doh nu argosto quad hiltibrant ostar liuto
der dir nu ŵiges ŵarne nu dih es so ŵel lustit . gudea
gimeinun niu sedemotti . ŵer dar sih dero hiutu hregilo
hrumen muotti . erdo desero brunnono bedero uual

50. tan . do lẹttun se ærist asckim scritan scarpen scurim
dat Indem sciltim stont . do stoptū tosamane staim

---

*) mit gestrichenem *b* als Zeichen der Abbreviatur.

bort chludun he̊ẘun harm licco hu itte scilti .
unti im iro lintun luttilo ẘurtun . giẘigan miti wābnū.

IV. Berichtigter Text.

Ik gihôrta đat seggen [sanges wîsê liuti],
đat sih urheitun ænon muotin
Hiltibraht enti Hađubrant untar heriun tuêm
sunufatarungo: iro saro rihtun,
5. garutun sê irô gûđhamun, gurtun sih irô suert ana
helidôs ubar hringâ, dô siê tô dero hiltiu ritun.
    Hiltibraht gimahalta, Heribrantes sunu:
her was [derô heiti] hêrôro man,
ferahes frôtôro; her fragên gistuont
10. fôhêm wortum, wer sîn fater wâri
fireo in folche, [frôterô liuteo]:
„[Chûdi dîna chuniburt] eddo welîhhes cnuosles du sîs!
„ibu du mi ænan sagês, ik mi dê ôdrê wêt
„chind in chunincrîche: chûd ist mir al irmindeot!“
15. Hadubraht gimahalta, Hiltibrantes sunu:
„Dat sagêtun [iu] mi ûserê liuti
„altê anti frôtê, deâ êr hina wârun,
„dat Hiltibrant hætti mîn fater, ih heittu Hadubrant!
„Forn her ôstar giweit, flôh her Ôtachres nîd
20. „hina miti Deotrîhhe enti sinerô deganô filu;
„her furlæt in lante luttila sitten
„prût in bûre, barn unwahsan,
„arbeô laosa: her ræt ôstar hina.
„Det (des?) sîd Dêtrîhhe darbâ gistuontun
25. „fater êres mînes: dat was sô friuntlaos man:
„her was Ôtachre ummet tirri
„deganô dechisto, unti [inan dôt furnam]
„[anti] Deotrîchhe darbâ gistôntun.
„Her was êo folches at ente, imo was êo feheta ti leop;
30. „chûd was her [durh chuonî] chorinêm mannum:
„ni wâniu ih iu lîb habbê [liuteô wîso]!“
    „Wêttu irmingot (quad Hiltibrant) obana ab hevane,

„dat du nêo dana halt mit sus [nâh]-sippan man
„dinc ni gileitôs, [sô mir dunkit ih dir sî]!“

35. Want her dô ar arme wuntanê bougâ
cheisuringum gitân, sô imo sê der chuning gap
Hûneô truhtin: „dat ik dir it nu bî huldi gibu!“
    Hadubraht gimâlta, Hiltibrantes sunu:
„Mit· gêru scal man gêba infâhan

40. „ort widar orte: [sô ist erlo dou]!
„Du bist dir, altêr Hûn, ummet spâhêr:
„spenis mih mit dînêm wortun, wili mih dînu speru werpan!
„pist alsô gealtêt man, sô du êwîn inwit fuortos!
„Dat sagêtun mi sêolîdantê

45. „westar ubar wentilsêo, dat inan wîc furnam:
„tôt ist Hiltibrant, Heribrantes suno!“
    Hiltibraht gimahalta, Heribrantes suno:
„Wêlaga nu, waltant got! wêwurt skihit!
„ih wallôta sumarô enti wintrô sehstic ur lante,

50. „dar man mih êo skerita in folc skeotanterô,
„sô man mir at burc ænigeru banun ni gifasta:
„nu scal mih suâsat chind suertu hauwan,
„brêtôn mit sînu billiu, eddo ih imo ti banin werdan!
„Wêla! gisihu ih in dînêm [wîg]-hrustim,

55. „dat du habês hême herron gôten,
„dat du noch bî desemo rîche reccheo ni wurti:
„doh maht du nu aodlîhho, ibu dir dîn ellen taoc,
„in sus hêremo man hrusti gewinnan,
„rauba birahanên, ibu du dar ênig reht habês!

60. „Der sî doch nu argosto (quad Hiltibrant) ôstarliuto,
„der dir nu wîges warnê, nu dih es sô wel lustit,
„gûdea gimeinun! niusê dê môtti,
„wer dar sih hiutu derô hregilô hrûmên muotti
„erdo deserô brunnônô bêderô waltan!“

65. Dô lêttun sê ærist askim scrîtan
scarpên scûrim, dat in dêm sciltim stônt.
Dô stôptun tôsamane staimbort chlûdun,
heuwun harmlîco huîttê scilti,
unti im irô lintun luttilo wurtun

70. giwigan miti wambnum * * * *

V. Uebersetzung.

Ich hörte das sagen Sanges kundige Leute, dass mit (auf) Herausforderung allein zusammentrafen Hildebrand und Hadubrand unter (zwischen) zweien Heeren sohnväterlich: sie richteten ihre Rüstung, machten zurecht ihre Kampfgewande, gürteten sich ihre Schwerter an, die Helden, über die Panzerringe, da sie zum Kampfe ritten.

Hildebrand redete, Heribrandes Sohn: seiner Person nach war er der hehrere Mann, des Lebens der erfahrenere; er begann zu fragen mit wenigen Worten, wer sein Vater wäre von den Männern im Volke, den erfahrnen (alten) Leuten: „Künde mir deine Ab„stammung oder aus welchem Geschlechte du seist! wenn du mir „einen nennst, so weiss ich die andern Kinder (des Stammes) im „Königreiche: kund ist mir all das grosse Volk."

Hadubrand redete, Hildebrandes Sohn: „Das sagten mir ehe„dem unsere Leute, alte und erfahrene, welche vor dieser Zeit „lebten, dass Hildebrand hiesse mein Vater, ich heisse Hadubrand! „Vor Zeiten zog er ostwärts hin, entfloh dem Hasse Otachers von „hinnen mit Dietrich und seiner Degen vielen; er liess im Lande „die Kleine (jugendliche?) sitzen, die Gattin in der Wohnung und „das unerwachsene Kind der Erbgüter verlustig: er ritt ostwärts von „hinnen. Dort (seitdem, deshalb?) stiess später dem Dietrich die „Entbehrung (der Verlust) meines weiland Vaters zu: das war ein „so freundloser (von seinen Verwandten getrennter) Mann! er war „auf den Otacher ohne Maassen erbittert, der Helden liebster, bis „ihn der Tod (der Kampfsturm) hinwegraffte und dem Dietrich der „Verlust kam: er war immer an des Heeres Spitze, ihm war immer „Gefecht zu lieb; kund war er ob seiner Kühnheit den auserkorenen „Männern: nicht wähne ich, dass noch das Leben habe der Leute „Führer!"

„Ich rufe zum Zeugen (?) den grossen Gott oben von dem „Himmel (sprach Hildebrand), dass du noch nie wie jetzt mit einem „so nahverwandten Manne Unterhandlung führtest, wie mir dünket, „dass ich dir sei!" Drauf wand er von dem Arme gewundene Ringe aus Kaiserlingen gemacht, wie sie ihm der König gab, der Herr der Hunen: „dass ich dir's aus Huld nun gebe!"

Hadubrand redete, Hildebrandes Sohn: „Mit dem Speere soll „man die Gabe empfahen Spitze gegen Spitze: so ist's der Helden „Brauch! du bist, alter Hune, ohne Maassen schlau: du verlockst „mich mit deinen Worten, willst mich mit deinem Speere werfen! „du bist ein so gealterter Mann, wie du immer Hinterlist triebst! „Das sagten mir Seebefahrende westwärts über das Mittelmeer, dass „ihn der Kampf dahin raffte: todt ist Hildebrandt, Heribrandes „Sohn!“

Hildebrand redete, Heribrandes Sohn: „Wehe nun, waltender „Gott! Wehgeschick ergehet! ich wallete der Sommer und der „Winter sechzig ausser Landes, wo man mich stets einreihte in die „Schaar der Schiessenden, und doch hat man bei keiner Burg den „Tod mir angeheftet: nun soll das traute Kind mich mit dem „Schwerte hauen, zerschmettern mit seinem Beile, oder ich soll ihm „zum Mörder werden! Ach! ich sehe an deiner Kampfrüstung, dass „du hast daheim einen guten Herrn, dass du noch um dieses Reiches „willen kein Flüchtling wurdest; doch leicht magst du nun, wenn „deine Kraft dir taugt, an einem so hehren Manne Rüstung ge-„winnen, Waffenschmuck erbeuten, wenn du darin irgend welches „Recht hast! Der wäre doch nun der ärgste Feigling der Ostleute, „der dir den Kampf nun weigerte, da dich so sehr darnach gelüstet, „nach des Kampfes Gemeinschaft! es entscheide die Kampfbegeg-„nung (?), wer sich heute der Gewänder begeben (rühmen?) solle oder dieser Brünnen beider walten!“

Da liessen sie zuerst die Eschenlanzen zerschmetternd drein-fahren in scharfen Schauern, dass es in den Schilden stund. Drauf sprengten sie zusammen mit den Kampfschildbuckeln (da prallten aneinander die Kampfschilde mit den Buckeln?); sie hieben ingrim-miglich die glänzenden Schilde, bis ihnen ihre Linden klein wurden zerstückt mit samt den [Schild]-Häuten * * *

VI. Erläuterungen.

v. 1: Zu meiner Ergänzung vergleiche man daz hôrt ich rahhôn diâ weroltrehtwîson (Musp. 40) und andrerseits Ags. viccräfta vîs (Cräft. 22), vordcräftes vîs (Elene 592), sowie Graff I, 1069.

v. 2: urhêttun, wofür das MS. mindestens ebensogut auch urheitun zu lesen gestattet, erklärte Lachmann für das Præteritum eines schwachen urhêtian, gebildet von urhêt Ahd. urheiz provocatio, wogegen Feussner wieder die frühere Erklärung zu rechtfertigen suchte, wonach es für das starke Præteritum urhêtun Ahd. urhiazun stehe; da aber die Alliteration jedenfalls auf dem für den Zusammenhang besonders wichtigen ænon ruht, so kann, wenn es überhaupt Verbum ist, nur Lachmanns Ansicht Statt haben. Die Worte ænon muotin erklärte man anfangs instrumental durch einmütig; später dagegen nahm man muotin als Dat. Plur. von muoti (concursus) und übersetzte: „zum einzelnen Kampfe." Was nun zunächst ænon betrifft, so spricht der ganze Zusammenhang sowie der Gegensatz untar heriun tuêm eher dafür, dass es Nom. Plur. (soli) ist. In Bezug auf urhêttun (urheitun) und muotin aber kehre ich das Verhältniss um, indem ich jenes für Substantiv, dieses für Verbum halte. Ersteres kann nemlich Instr. Sing. von einem schwachen urhêta, urheita Ahd. urheiza f. provocatio sein (vgl. Graff IV, 1087) und muotin, welche Schreibung für muottin sich wol aus dem Abbrechen des Wortes am Ende der Zeile erklären liesse, Præt. Conj. von muotian Ags. mêtan concurrere, congredi. Uebrigens könnte man urheitun wol auch als Nom. Plur. von einem urheito, urheizo m. nehmen („als Herausforderer"); vgl. antheizo, furiheizo u. s. w. Graff IV, 1087 — 88, wo aus Ahd. Glossen auch ein urheizo (suspensus) angeführt wird.

v. 4: sunufatarungo ward bisher meist als Gen. Plur. abhängig von heriun genommen mit verschiedenen Erklärungsversuchen; Schmeller übersetzte: „virorum, quorum alii in patris alii in filii comitatu erant;" Grimm (Gesch. der d. Spr. 654) erklärt es einfacher: „inter exercitus duos filii patrisque." Lachmann dagegen änderte es in den Nom. Plur. sunufatarungôs. Die anfänglichen Erklärungen, welche den Begriff Vetter darin suchten, dürfen als beseitigt betrachtet werden. Am einfachsten scheint es mir, wenn man es analog dem Alts. gisunfader als Adverbium nimmt, gebildet wie Alts. darnungo, fârungo, gegnungo und die zahlreichen Ags. Adverbia auf -inga: „Sohn und Vater zusammen," etwa sohnväterlich. Man kann es übrigens auch ebenso gut dem Sinne nach zum folgenden Satze ziehen.

v. 6: **ringa** ist sicher mit Lachmann in **hringâ** zu ändern, da unser Lied anlautendes *hr* überall festhält.

v. 8 — 12: Dass hier im MS. etwas fehlt, zeigt die zweimalige Verwirrung der Alliteration; man hat die Heilung auf verschiedene Weisse (zum Theil ziemlich gewaltsam) versucht. Dass 11^a nicht als zweite Vershälfte zu 10^b anzunehmen sei, dagegen spricht der Umstand, dass 10^b nur einen Stab, 11^a aber deren zwei enthält: mithin fehlt zu 11^a die zweite und zu der ebenfalls verwaisten 12^b die erste Vershälfte. Durch diese Annahme ist die Anordnung der Halbzeilen von $9 — 11^a$ gesichert. Will man aber in v. 7 die Bezeichnung **Heribrantes sunu**, die durch den Inhalt des Folgenden, sowie namentlich durch v. 15 hier vollkommen gerechtfertigt ist, nicht mit Feussner streichen, so bleibt nichts übrig, als auch in den Worten **her was hêrôro man** irgend einen Ausfall anzunehmen; wahrscheinlich wird, wie **frôtôre in ferahes**, so auch das parallele **herôro** noch eine nähere Bestimmung bei sich gehabt haben; nahe liegt [**dero heiti**] oder [**an heiti**], seinem Stande, seiner Person nach. Die in v. 11 — 12 versuchte Ergänzung bedarf wohl kaum einer Rechtfertigung; vgl. Vollmer in K. Roth's kl. Beitr. IV, 149 — 151.

v. 14: Dass **chind** hier als Anrede zu nehmen sei, wie es bisher geschah, scheint mir unwahrscheinlich; ich halte es für Acc. Plur. als Apposition zu **dê ôdrê**, sodass aus dem Vorhergehenden dazu **dînes chnuosles** hinzuzudenken ist. — **min** änderte Lachmann in **mi**, Feussner und Massmann (Sp. 467) einfacher in **mir**. — Unter **irmindeot** braucht man hier nicht grade das ganze Menschengeschlecht zu verstehen, da Hildebrand doch wohl nicht behaupten wollte, alle Genealogien auf der ganzen Erde seien ihm bekannt. Es bedeutet nur **das grosse Volk**, eben **das** Volk, welchem Hadubrand angehört, und Hildebrand deutet mit dieser seiner Aeusserung bereits leise an, dass auch er selbst diesem Volke angehöre.

v. 16: Die im MS. fehlende Alliteration soll nach Lachmann hier durch den Endreim ersetzt sein, wogegen Feussner mit Recht bemerkt, dass der Endreim, wo er in alliterierenden Gedichten vorkommt, immer **neben** der Alliteratien in demselben Verse auftritt. Feussner änderte daher **ûsere** in **sus êr**; Massmann dagegen (Sp. 489) schlägt unter andern **ûsê seliliuti** vor, und Vollmer in seiner zweiten Alts. Uebersetzung unseres Liedes (1851) setzt als zweite Vershälfte a n a s a l i đ u m u s a r ê l i u d i. Einfacher scheint mir die Einschaltung von i u, i o (olim) in der ersten Vershälfte, das übrigens nicht, wie Massmann zu thun scheint, mit ê o Ags. â v a (semper) zu verwechseln ist.

v. 17: h i n a nahm Eckhart mit ê r zusammen und auch die Brüder Grimm übersetzten 1812 noch: „welche ehrhin waren;" aber gleich darauf in den Anmerkungen sagten letztere, es gehöre vielleicht besser zu w â r u n (von hinnen waren, hinnenfuhren d. i. starben), und so hat man es gehalten bis heute. Feussner, welchem andere darin folgten, gieng sogar noch einen Schritt weiter und änderte h i n a w â r u n gradezu in h i n a f ô r u n (f u a r u n Vollmer). Diesmal war die ursprüngliche Auffassung entschieden die richtige: vgl. Ahd. f o n a l t e n z î t i n h i n a f o r n (Graff IV, 698) sowie unser f r ü h e r h i n und Ags. æ r h e o n a n.

v. 19: Dass in g i h u e i t über dem zweiten Theil des *h* im MS. ein kleiner Strich sich befindet , ward bereits von Massmann (Sp. 466 f,) angegeben: keineswegs aber ist es ein solcher dicker Balken, wie er dort im Druck wiedergegeben ist, sondern vielmehr ein ganz feiner Strich schräg nach rechts hinauf gehend und oben in einen kleinen Haken endend, mit einem Wort, es ist ganz derselbe Strich, welchen im MS. die Ags. *w* über sich haben. Wahrscheinlich wollte der Schreiber, als er fälschlich ein *h* geschrieben hatte, mit diesem Strich andeuten, dass dafür ein Ags. *w*, also g i w u e i t zu lesen sei.

v. 23 — 24: Die Lesart des Manuscripts hat man auf verschiedene Art theils zu erklären, theils zu ändern gesucht. Dass h e r a & zu trennen sei in h e r a e t, h e r r æ t (ritt), wird wol Niemand mehr bezweifeln; die eigentliche Schwierigkeit liegt in d &. Seit Lachmann nahm man dieses allgemein als d ê t = d e o t (Volk) an den Schluss von v. 23; allein keiner der gemachten Versuche, alsdann 23[b] zu erklären, ist befriedigend ausgefallen: man sah sich überdies (abgesehen von Lachmann's kühner Parenthese) dabei genöthigt an den übrigen Worten zu ändern, zum Theil ziemlich gewaltsam. In den Altdeutschen Wäldern I, 327 zog J. Grimm d e t zum folgenden Vers und erklärte d e t s î d durch h a n c v i a m. Auch ich glaube, es gehört sicher zu v. 24, wo es zugleich die Alliteration bereichert: die Erklärung des Wortes bleibt freilich schwierig. Der

Zusammenhang lässt die Bedeutung **dort** vermuten: sollte es vielleicht Abkürzung oder Schreibfehler für **deret, doret, thorot,** (dort) sein? vergl. Graff V, 65. Andere Möglichkeiten wären, dass es verschrieben sei für **dar** oder **dat** oder **des**; zu der Verbindung **des sid** (seitdem, später) wäre zu vergleichen Ags: **þäs þŷ þriddan däge** Hymn. 10³³, **þäs ymbe fîf niht** Menol. 10. u. s. w. oder es könnte **des** wie so häufig das Ags. **þäs** auch bedeuten **in Folge dessen, deshalb.**

v. 25: **fatereres** änderte Lachmann und ' nach ihm die meisten Herausgeber ohne Weiteres in **fateres.** Feussner dagegen hat die Lesart des MS. gerettet, indem er **fatereres** auflöste in **fater êres** und in diesem **êres** (weiland) das Adverbium **eiris** des ersten Merseburger Zauberspruchs wiedererkannte.

v. 26: **ummettirri** aufzulösen in **ummett irri**, liegt allerdings nahe, erregt aber insofern Bedenken, als dadurch die zweite Vershälfte zwei Stäbe erhält, während die zweite nur einen hat: Wackernagel emendierte daher **ummet tiuri,** was mir dem Zusammenhange wenig angemessen scheint. Ich denke, **tirri** rechtfertigt sich hinlänglich durch das Altn. **tirinn** difficilis, austerus, morosus und **tirra** f. mulier morosa; vergleichen lässt sich wol auch Dän. **tirre** (boshafter Weise reizen) sowie das Bairische: „wunderlich, grämisch und **zerrig**" Schmeller IV, 281. Es ist gleicher Wurzel mit **zorn** (Graff V, 691 — 692), wol auch mit Engl. **to tear** wüten, toben.

v. 27 — 28: **darbâ gistôntun** nimmt man gewöhnlich für Wiederholung aus v. 24 durch Nachlässigkeit des Schreibers, und indem man daher diese Worte streicht, ändert man **unti** entweder mit Lachmann in **was her** oder mit Hofmann in **miti.** Feussner dagegen suchte die Worte **unti Deotrîhhe darbâ gistôntun** ($\smile\smile\smile \mid \underline{\;}\smile\smile \mid \underline{\;}\smile\smile \mid \smile\underline{\;}\underline{\;}$) unverkürzt als zweite Vershälfte zu **degano dechisto** zu rechtfertigen. Görres 1813 beginnt mit **unti** einen neuen Satz, worin v. 29 den Nachsatz bildet. Ich habe durch Annahme einer Lücke und entsprechende Ergänzung eine Heilung versucht, wobei vielleicht besser **drou** (Ags. þreá) für **dôt** zu setzen war: noch passender wäre ein dem Ags. **þräc** (belli impetus) entsprechendes Wort; doch ich kenne kein solches. Wollte man dagegen wirklich **darbâ gistôntun** als irrtümliche Wiederholung ansehen, so wäre Hofmann's Emendation die passendste.

v. 30: Schon Lachmann nahm aus metrischen Gründen nach her eine kleine Lücke an, welche dann Feussner mit [d u r u h c h u o ní] ausfüllte; auch [i n c a m p e] läge nicht fern. Was aber das folgende Wort betrifft, so lautet dasselbe bis jetzt ohne Ausnahme in allen Ausgaben chonnêm (audacibus); allein im MS. steht unverkennbar c h o r i n e m, weniger deutlich freilich in Grimm's Facsimile. Wegen seiner Bedeutung vergleiche man Ags. c e m p a n gecorene und Mhd. s u s m a n e c r i t e r û z e r k o r n Parz. 632²⁵, die recken ûz erkorn Nib. 5², die riter ûz erkorn Nib. 74² sowie Ags. gecoren cräftum Räts. 32¹⁰.

v. 31: Zu meiner Ausfüllung der hier sicher vorhandenen Lücke vergleiche man Ahd. wîso (Graff I, 1876) sowie Ags. f o l c e s v î s a, v e r o d e s v î s a, h e r i g e s v î s a, here-vîsa (-vôsa), m ä g e n - v î s a. Nach der Altn. Vilkina-Saga war Hildebrand Dietrichs Bannerführer (vgl. Grimm's Hildebr. 1812. S. 59), wodurch zugleich 29ᵃ seine nähere Erklärung findet.

v. 32: Das erste Wort dieses Verses hat die Ausleger vielfach beschäftigt. Bekanntlich war der zweite Buchstabe bis zur völligen Unkenntlichkeit erloschen und man sah sich daher genötigt, seine Zuflucht zu Vermutungen zu nehmen. Eckhart's Text hat w e r t u; die Brüder Grimm vermuteten 1812 w i t t u, indem sie (S. 29) hinzufügten: „das *w* und *tt* deutlich, bloss der dazwischen liegende Vocal ausgewischt", während Lachmann und nach ihm Hofmann 1855 irrtümlich behaupteten, der Vocal sei abgeschabt. Der Conjectur w i t t u stimmten die meisten späteren Bearbeiter bei mit verschiedenen Erklärungsversuchen; Andere suchten andere Vermutungen geltend zu machen, so Lachmann w ê t t u (w e i z Z i u!), Feussner w ê s s t u (weist du), Vollmer w ê t t u = w ê t i u Ahd. w e i z u Goth. v á i t j a (ich lasse wissen, rufe zum Zeugen), Wilbrandt sogar in Verbindung mit überaus gewaltsamer Verrenkung und bis zur Unkenntlichkeit gehender Verunstaltung des Textes h ê t t u. Meinen Bemühungen, hoffe ich, ist es nunmehr gelungen, die Zweifel wegen der wirklichen Lesart des MS. zu beseitigen.

Bereits zu Anfang des vorigen Jahres, wo ich mich wiederholt mit unserer Handschrift und namentlich mit dem in Rede stehenden Worte beschäftigte, erkannte ich (wiewol noch sehr unklar) bei gelinder Anfeuchtung und unter günstig auffallendem Lichte einen vom oberen rechten Ende des *w* nach rechts schräg heruntergehenden dicken Strich: ich hielt denselben sofort für die Spur eines *a*, da er dieselbe Richtung zeigt, wie der des zweiten *a* in a n a Z. 4, und erklärte mir w a t t u = w a t d u durch das betheuernde Ags. h v ä t þ u *). Inzwischen ward meine Aufmerksamkeit wieder davon abgelenkt, da ich den Sommer über mit dem Ordnen des Schaumburger Gesammtarchivs beschäftigt war, und erst zu Anfang dieses Jahres nahm ich die Beschäftigung mit unserem Liede wieder auf. Nachdem ich nun zuvor die betreffende Stelle mit Wasser sorgfältig von dem anklebenden Schmutz gereinigt hatte, brachte ich Galläpfeltinctur in Anwendung, deren treffliche Wirkung als eines unschädlichen Reagens ich an den halbvermoderten Urkunden zu Bückeburg zu erproben reichlich Gelegenheit gehabt, und ich beobachtete ihre Wirkung auf unser Wort mehre Wochen durch zu allen Tageszeiten und unter der verschiedensten Beleuchtung. Dabei hat sich folgendes Resultat ergeben. Der erste Buchstabe, das Ags. *w*, mit dem darüber stehenden Haken ist jetzt wenigstens in Bezug auf seine Gabel völlig deutlich und nur der obere Verbindungsstrich ist noch undeutlich, aber doch erkennbar; der schräg heraufgehende Strich geht nicht so weit nach rechts wie Grimm's Facsimile ihn andeutet: die Gabel hat oben genau dieselbe Breite wie bei dem *w* in w a s Z. 23. Unmittelbar an die obere rechte Spitze des *w* schliesst sich der schon erwähnte schräg nach rechts heruntergehende dicke Strich an, der jetzt bis auf $^2/_3$ seiner Länge gleichfalls vollkommen sichtbar ist (namentlich bei durchfallendem Licht); sein unteres Drittel aber ist nicht zu erkennen, weil unglücklicher Weise grade hier der schwarze Doppelring des auf der Kehrseite des Blattes befindlichen Bibliothekstempels durchschimmert. Am oberen Ende dieses Striches hängt nach oben rechts, wenn auch nur schwach doch deutlich erkennbar, eine dicke Schlinge wie in dem & der Zeile 22. Die nach unten links anhängende grössere Schlinge ist gleichfalls nur schwach sichtbar und nur bei günstig auffallendem Licht zu erkennen. Da wo letztere mit ihrem unteren Ende an dem dicken Strich anhängt, geht

---

*) Auch Massmann, dessen Arbeit mir damals noch unbekannt war, spricht Sp. 494 die flüchtige Vermutung aus, der Vocal könnte *a* gewesen sein, weist aber in Folge eines Irrtums in Betreff des MS. diese Vermutung sogleich wieder zurück, da zwischen dem *w* und dem wirklichen *tu* für ein *u* kaum Raum sei.

auf der anderen Seite desselben zwischen den beiden Ringen des Stempels ein dünner Strich schräg nach rechts hinauf, auf dessen oberem Ende ein kurzer dicker Querstrich ruht: dieser Theil des Schriftzeichens ist bei durchfallendem hellem Lampenlicht vollkommen deutlich. Fassen wir nun diese Beobachtungen zusammen, so ergibt sich mit Sicherheit, dass zwischen dem *w* und *tu* im MS. nicht noch ein zweites *t* mit vorangehendem Vocal, sondern nichts anderes als ein & steht: man vergleiche die photographie. Ueber die beiden letzten Buchstaben (*tu*) lässt das Manuscript auch nicht den mindesten Zweifel aufkommen; der untere Verbindungsstrich des *u*, bei Grimm fast erloschen erscheinend, ist stark ausgeprägt und geht ohne Unterbrechung bis in den hinteren Verticalstrich: die von Massmann Sp. 494 aufgeworfene Frage, ob *tu* oder *tij* zu lesen sei, ist also zurückzuweisen.

Fragen wir nun nach der Erklärung des so gewonnenen w & t u, wettu, so wird man wol auf die von Vollmer zurückkommen müssen, wenn er sie selbst auch bereits aufgegeben hat: in seinen drei neueren Uebersetzungen unseres Liedes (1851) setzt er bloss w ê t irmingod, weiz mahtig got, Eſz weiſz Irmingott. Eine entfernte Möglichkeit bliebe freilich auch immer noch, dass wettu ein Irrtum des Schreibers für wattu = wat du wäre: das Formelhafte dieser gewis dem Heidentum angehörigen Anrufung des grossen Gottes (der Ausdruck irmingot kommt in keinem entschieden christlichen Denkmal als Bezeichnung Gottes vor) würde es wol nicht auffallend erscheinen lassen, dass asynthetisch Hildebrand gleich darauf in v. 33 den Hadubrand anredet, und der Gebrauch der Conjunction d a t (33) ohne vorausgegangenes i c h s a g e u. s. w. rechtfertigte sich durch jenes w e l a t h a t Hêl. 93⁸ (vergl. Lachmann Hildebr. S. 146 und Massmann Sp. 494 sowie Älfr. Metr. 18¹, 20¹), indem hier an die Stelle der einfacheren Interjection w e l a die längere Anrufungsformel v. 32 träte. Auch würde die Auflösung w a t t u eine Bestätigung finden, wenn jenes d & in v. 24 wirklich in d a t aufzulösen wäre.

v. 33ᵃ: nêo dana halt nunquam amplius quam nunc; dies dana entspricht völlig dem Ags. þon vor dem Comparativ in negativen Sätzen; so heisst es z. B. Jud. 92 nâhte ic þînre næfre miltse þon (quam nunc) mâran þearfe; Andr. 361 æfre ic ne hŷrde þon (quam tunc) cymlîcor ceól gehladenne; vgl.

Gen. 2089; Azar. 86; Crist 272; Ps. 63[7]; Metr. 7[20], 8[28], 14[10] und 16[14]; im Alts. entspricht than hald ni Hêl. 42[13], 81[1] (um so vielmehr nicht, um so weniger). Dass halt, hald wirklich Comparativ ist, setzt das Goth. ni thê haldis Skeir. 44 und das Altn. heldr potius (Superl. helzt potissimum) ausser Zweifel; der Positiv lautet Ahd. halto Graff IV, 911. Vergleiche übrigens Graff IV, 909 ff. und W. Müller Mhd. Wörterb. I, 619.

v. 33[b]: mit sus sippan man erklärte Lachmann, der die Alliteration in dana und dinc suchte, für eine Einschaltung des Schreibers. Wackernagel dagegen vertauschte 33[b] und 34[a], sodass zu mit sus sippan man die zweite Vershälfte fehlte, welche Feussner dann als [sô ic selbo dir bim] ergänzte. Da aber gewis die Alliteration auf nêo als dem Hauptbegriff ruhte, so ergibt sich ohne die Umstellung zweier Halbzeilen eine einfachere Rettung der Alliteration durch die Annahme, dass sippan die zweite Hälfte eines Compositums sei, dessen erste Hälfte der Schreiber ausgelassen: das Compositum nâh-sippo Adj. aber ist durch das fem. mîn nâhsippa proxima mea Graff I, 66, sowie durch das Ags. neâhsibba gesichert.

v. 34[a]: Dass dinc hier dem ganzen Zusammenhange nach nicht Kampf bedeuten kann, wie allgemein angenommen wurde, hat Massmann Sp. 483 und 487 nachgewiesen; er nimmt dafür die allgemeinere Bedeutung Zusammenkunft an: noch einfacher und zu gileitôs passender wäre Verhandlung, Unterhandlung.

v. 34[b]: Zu meiner Ergänzung vgl. Graff V, 175 oben. Vielleicht sprach sich Hildebrand noch bestimmter aus und sagte geradezu: „ich bin dein Vater."

v. 36: cheisuringu ändere ich mit Hofmann unbedenklich in den Plural (vgl. Hofmann 1855, Sp. 53—54); das Ags. câsering als Uebersetzung von drachma, didrachma findet sich in den von Bouterwek herausgegebenen Nordhumbrischen Evangelien, nämlich Matth. 18[24] (zweimal) und Luc. 15[8], das erstemal mit dem Zusatz vel câseres gæfel (= gafol). Zu dem hier erscheinenden Gebrauch von gitân (aus Kaiserlingen gemacht) vgl. Hêl. 63[7-8] huô thar selbo gededa sunu drohtines water te wîne, sowie Ahd. ez wiht ni quam im ouh in wân, theiz was fon wazare gidân Otfr. II, 8[40], thie steina duan zi brôte II, 4[44] und teta daz wazzar zi wîne Tat. 55[1].

v. **39** ff.: Zu dieser Stelle vergleiche man Lachm. Hild. S. 161—162 und namentlich die dort citierte Stelle im Chronicon Novalicense 3[28] (Muratori Rerum Ital. script. II, 2, 724), sowie Wilbrandt S. 82. Ein Hauptgrund mit zu der hier ausgesprochenen Sitte war wol ursprünglich die Absicht, durch Darreichen und Empfangen der Gabe mit der Speer- oder Schwertspitze meuchlerischer Hinterlist vorzubeugen, worauf das Folgende sowie jene Stelle bei Muratori auf das Bestimmteste hinweist. — Lachmann zog aus metrischen Gründen man zur zweiten Vershälfte; natürlicher jedoch scheint es, mit man die erste Halbzeile zu schliessen: die von Lachmann vermisste vierte Hebung der zweiten Vershälfte kommt doch herbei, wenn man gêba statt geba als sächsische Nebenform für gâba annimmt; vgl. Alts. gêr (annus) neben jâr, bêdi M. (Hêl. 65[17]) für bâdi C., giwêdi M. (50[8]) für giwâdi C., wêpan M. (85[9]) für wâpan C.

v. **40**[b]: vgl. Alts. sô ist thesaro liudeo thau Hêl. 62[17], sô was thero liudio thau 83[21] und Ags. svelc vâs þeáv hira Andr. 25, svâ bið feônda þeáv Gûðl. 538, svâ bið geóguðe þeáv Gûðl. 390. Statt erlo könnte man wol auch urlages setzen (Ags. orlege); im Ahd. hat dies Wort zwar nur die Bedeutung fatum, im Alts. und namentlich im Ags. aber auch die Bedeutung Krieg: dann wäre urlages dou etwa Kriegsgebrauch; für diese Verbindung kenne ich jedoch keinen Beleg. Uebrigens ist dieser Zusatz hier, wo Hadubrand eine herkömmliche Sitte anführt, ganz an seinem Platze und gibt der Rede grösseren Nachdruck. Zugleich gewinnen wir dadurch in v. 42 einen besser gebauten Vers, an welchem man, weil 41[a] als zweite Vershälfte zu ort widar orte genommen ward, im Gefühl der so verwirrten Alliteration vielfach zum Theil ziemlich gewaltsam gerüttelt hat. Die gekreuzte Alliteration (ab ab) in v. 42 ist hier von besonderer Wirkung, weil dadurch die vier alliterierenden Wörter gleichmässig betont und hervorgehoben werden und so den Gegensatz um so schärfer hervortreten lassen; wili mih aber ist Auftakt der zweiten Halbzeile.

v. **43**: sô scheint beinahe hier causale Bedeutung zu haben: „nur deshalb bist du so alt geworden, weil du den Gefahren dich „immer durch Hinterlist entzogst."

v. 45: „Schmeller's glänzende Emendation in an verwerfen und „dafür wieder m a n setzen zu wollen, ist geradezu Tollheit," sagt Hofmann 1855; ein zwar derber aber wahrer Ausspruch. Uebrigens lässt das MS. in der That zweifelhaft, ob nicht wirklich in an sich herauslesen lasse: der erste Strich, der bei Grimm nach unten spitz zuläuft, erscheint von oben bis unten gleichbreit und scheint überdies unten eine fast unmerkliche Umbiegung nach rechts zu haben, wodurch er sich als *i* qualificieren dürfte.

v. 48—59: In der Reihenfolge, in welcher diese Verse im MS. stehen (v. 54—56 vor v. 48), geben sie durchaus keinen befriedigenden Zusammenhang: keiner der gemachten Versuche, diese Anordnung dennoch zu rechtfertigen, lässt sich als gelungen bezeichnen, man müsste denn mit Lachmann annehmen, der Schreiber habe zweimal die Gegenrede Hadubrands ausgelassen. K. Hofmann stellte daher v. 54—56 nach v. 53 meines Textes und begründete die Notwendigkeit dieser Umstellung ausführlich 1855 in seiner Abhandlung über unser Lied. Auch ich halte diese Umstellung für durchaus nothwendig: der Irrtum des Schreibers erklärt sich dadurch, dass die vertauschten Versgruppen beide mit w e l a beginnen. Aber darin kann ich Hofmann nicht beistimmen, dass nun v. 54—60 Worte des Hadubrand seien: das Hauptbedenken dagegen sehe ich in h ê r e m o, das doch wol nur im Munde des alten Hildebrand einen genügenden Sinn gibt. Ich sehe vielmehr in der ganzen Versfolge 48—64 eine einzige wolzusammenhängende Rede Hildebrands. Dieser hatte sich als den todtgeglaubten Vater zu erkennen gegeben und war dem Sohne mit freundlicher Gabe genaht. Aber Hadubrand weist ihn trotzig zurück und erklärt ihn gradezu für einen Lügner und hinterlistigen Betrüger: dass sein Vater längst todt sei, darüber habe er die sicherste Kunde. Da sieht der Vater, dass jegliche Verständigung unmöglich und der unnatürliche Kampf mit dem eigenen Kinde unvermeidlich ist, und er bricht nun in bittere Wehklage aus: 30 Jahre sei er im Ausland gewesen und habe oft im Kampf gestanden, doch nie sei ihm der Tod genaht; jetzt aber werde ihn das eigene Kind erschlagen oder dieses von der Hand des Vaters fallen! Doch er fügt sich in das Unvermeidliche und erklärt sich, um dem Vorwurf der Feigheit zu entgehen, in v. 60—64 bereit zum Kampfe, nach dem es den Sohn so sehr gelüste. Zuvor aber spricht er erst noch in v. 54 ff. einen herben Vorwurf gegen den Sohn aus, indem

er als den eigentlichen Grund der unseligen Verblendung desselben
dessen im Wolleben erzeugten Uebermut verbunden mit Habgier nach
fremder Waffenrüstung bezeichnet: mit bitterem Spott fordert er ihn
auf, diese Habgier nun zu befriedigen, wenn seine Kraft tauge und
er im Kampf das Recht dazu erlange. — Dass bei dieser Ordnung
der Verse in v. 48 der erklärende Zusatz des Schreibers q u a d
H i l t i b r a n t unnötig wird, versteht sich von selbst: in v. 60 mögen
diese Worte immerhin stehen bleiben; sie stehen ohnedies überall
ausserhalb des eigentlichen Verses und ergeben sich damit von selbst
als Zusatz des Schreibers zu erkennen: dass Rede und Gegenrede
auch ohne einen solchen Zusatz unmittelbar auf einander folgen können, zeigen zur Genüge unter andern die Ags. Gedichte. — Sollten
am Ende vielleicht gar die in Grimms Facsimile weggebliebenen
Randzeichen hinter a o d l í h h o die Umstellung andeuten? hinter Zeile
35 und 36 ist freilich keine Spur von irgend einem Zeichen vorhanden, wol aber befindet sich hinter jeder der beiden Zeilen 37
und 38 ein kleiner Tintenfleck und diese Flecken sehen ganz so aus,
als verdankten sie nicht einem blossen Zufall ihre Entstehung (sieh
die Photographie): steckt hierin etwa ein neuer Irrtum, indem diese
Flecken eigentlich hinter die beiden vorhergehenden Zeilen kommen
sollten? Doch auf diese Vermutung lege ich eben kein Gewicht.

v. 49: u r l a n t e erklärt Massmann für eingeschoben: allein
für den Zusammenhang sind diese Worte nicht zu entbehren; die
Alliteration ruht auf *s*, nicht auf *w*, und i h w a l l ô t a ist als Auftakt zu betrachten.

v. 51: Ueber b a n u n g i f a s t a (den Tod anheftete) vgl. K.
Hofmann 1855 Sp. 52—53; weitere Belege aus den Ags. Dichtern
sind folgende: h e h i m ä t f ä s t e ê c e e d v î t Ps. 77[66]; t e ó n a n
ä t f ä s t a n 108[28], 111[17] (vgl. 142[12]); d e á ð ô ð f ä s t a n Elene 477;
h ä f d e v î t e s c l o m m a s f e ó n d u m ô ð f ä s t e d Satan 445.

v. 53: b r ê t ô n hat vielfach die Erklärer in Verlegenheit ge-
setzt, ohne dass es ihnen gelungen wäre eine genügende Erklärung
zu finden, bis Massmann Sp. 476 das Rechte traf: es ist in der
That nichts anderes als das in seiner Composition mit *â-* ganz ebenso
gebrauchte Ags. b r e ó t a n und das Altn. b r i ó t a brechen, zer-
brechen, zerschmettern u. s. w., wozu auch Otfried's b r u z z î fragi-
litas und b r u z z i g fragilis (Graff III, 293) gehören; das *ê* = Ags.
e ó Goth. i u ganz wie in D ê t r î h h e. Man vergleiche Ags. b i l l u m

âbreótan Exod. 199, stânum âbreótan (steinigen) Elene 510, hie his heáfdes segl (Auge) âbreoton mid billes ecge Andr. 51, âbreát Beóv. 1298, sveordum âbrotene Ps. 77[64], sumne sceal gûð âbreótan Vyrd. 16 und öfter; das einfache breótan findet sich unter andern Crist 485, Beóv. 1713, Juliana 16.

v. 54: Die fehlende Alliteration wird leicht hergestellt durch [vîg]-hrustim; vgl. Ags. beorn monig vîg-hyrstum scân Ruin. 35 und Ahd. wîg-garawi, wîg-giwâpani Graff I, 706.

v. 59: bihrahanen ist sicher Schreibfehler für birahanen (vgl. Grimm Myth. 288); Feussner sucht das hr zu vertheidigen. Hierher gehört wol auch Ahd. rân intentio (Graff II, 522), sowie rânintin sævientem sc. leonem (eig. rapientem?), die sich lautlich zu rahanên verhalten würden wie mâl zu mahal; vgl. auch noch R. Schmid's Glossar zu den Ags. Gesetzen unter rân und ciric-rên.

v. 62: gimeinun ward bisher als Adjectiv genommen; es kann aber auch Genitiv eines schwachen Subst. fem. sein, also: „der Gemeinschaft des Kampfes"; vgl. he ne hrêman þorfte mecga (Var. mêcea) gemânan Äðelst. 40. Uebrigens ist die Stellung der beiden Stäbe in diesem Vers bedenklich; man erwartete eher dass niusê die Alliteration trüge. Vielleicht steckt in gûdea irgend ein Verderbnis, so klar auch das Wort an sich ist; doch ich wage nicht daran zu rütteln. Schwierig erscheint die zweite Vershälfte: dass niusê de môtti zu trennen sei, wenn überhaupt die Worte nicht corrumpiert sind, darüber kann kein Zweifel sein; niusê ist Conj. 3ª von niusên (vgl. Gen. 855: volde neósian nergend usser, hvät his bearn dyde). Am einfachsten scheint es mit Vollmer môtti als Nom. Sing. zu nehmen: „die Kampfbegegnung versuche, entscheide es, wer . . . . .". Einen andern Erklärungsversuch will ich jedoch nicht verschweigen, wiewol ich selbst nicht viel darauf gebe: môtti könnte wie das folgende muotti Conjunctiv und de = Alts. the sein, wie das Ags. se þe môte (der es darf, dem es beschieden ist); vgl. fremme se þe ville Beóv. 1003.

v. 63ª: Dass hiutu vor dero zu setzen sei, gibt, wie schon Lachmann erkannte, das MS. selbst an durch die darüber gesetzten bei Grimm fehlenden Zeichen (sieh die Photographie). Wollte man übrigens mit Rücksicht darauf, dass diese Zeichen jünger zu sein scheinen, einer etwas kühnen Vermutung Raum geben, so könnte man auch annehmen, in hiutu stecke ein dem Ags. hûð f. (spolia, præda) entsprechendes Wort, das dem Schreiber selbst nicht recht verständlich oder geläufig war, sodass er erklärend h r e g i l o einschob: doch nöthigt grade nichts zu dieser Annahme.

v. 63[b]: h r u m ê n hat wieder seine Schwierigkeiten; gegen h r û m ê n = h r u o m ê n (rühmen), wie man es erklärt hat, ist an sich nichts zu sagen: vgl. die Formen r û m für h r u o m bei Willeram und r û m i d a arrogantia (Graff IV, 1139). Allein Feussner S. 51—52 macht wol mit Recht darauf aufmerksam, dass das folgende e r d o, e d d o eher einen Gegensatz zu v. 64 erwarten lässt; er nimmt daher h r û m ê n r û m ê n „sich des Waffenschmucks begeben". Dies würde hier sehr gut passen, wenn nur nicht der Anlaut h r, der durch die Alliteration geschützt ist, Bedenken erregte, da ausser den drei von Graff II, 508—509 beigebrachten Belegen für h r û m i, h r û m o und h r û m l î h h o, die eben Schreibfehler sein könnten, sonst überall auch in den übrigen alten Dialecten die Glieder dieser Wortfamilie ohne *h* erscheinen. Sollte vielleicht h r u m ê n aus dem Altn. h r u m a z (debilem fieri) und h r u m r (debilis, infirmus, æger) sich rechtfertigen und erklären lassen?

v. 65: s c r i t a n nahm man früher gleich s c r i d a n (schreiten), bis 1840 Schmeller es als dem Goth. s k r e i t a n (scindere) identisch erklärte; vgl. auch Grimm Gr. IV, 709 und Feussner S. 52 bis 53. Dies ist jedenfalls das Richtige, wenn auch Massmann Sp. 477 dagegen wieder die frühere Erklärung zu vertheidigen sucht.

v. 67[a]: Ueber s t ô p t u n vgl. Feussner S. 53; an Ags. s t o p p i a n Ahd. s t o p h ô n, s t u p h a n (pungere) u. s. w. ist wol kaum zu denken.

v. 67[b]: Von dieser Halbzeile kann man fast sagen: so viele Bearbeiter unseres Liedes, so viele Erklärungsversuche! und gleichwol erscheint keiner derselben völlig befriedigend. Ueber s t a i m b o r t war man bisher in sofern einig, als man es gleich s t a i n b o r t, steinbort nahm, und dieses erklärte man nun bald für Steinbarten, bald für steinerne Schilde, bald für S c h i l d e oder S c h i l d s p a n g e n m i t E d e l s t e i n e n besetzt (vgl. Ags. þrýdbord stênan Elene 151, âstæned gyrdel balteus bulliger Cot. 201 bei Lye, gimmum âstæned Salom. u. Sat. v. 64, cynegold mid deórvyrdum gimmum âstæned Ps. 20³ bei Thorpe), bald für g e m a l t e S c h i l d e nach dem Altn. s t e i n a; W. Mohr's abenteuerliche Erklärung verdient nicht mit aufgeführt zu werden. Die bei den Ags. Dichtern üblichen Benennungen des Schildes wie vîg-bord, gûð-bord, hilde-bord, þrýð-bord führen auf die Vermutung, dass eine synonyme Bezeichnung auch in unserem staimbort zu suchen sei, und in der That bietet die Deutschordenschronik des Nicolaus von Jeroschin ein bisher noch nicht hinreichend erklärtes steim, das dem Zusammenhange nach Kampfgetümmel oder dergleichen zu bedeuten scheint; dort heisst es nemlich 87ᶜ: nu wart nach des strîtes steim Ludewîc von Baldinsheim meistir ubir Prûzinlant. Im Glossar vermutet Fr. Pfeiffer Zusammenhang mit stemen (cohibere) und fügt hinzu, W. Wackernagel habe ihn an unser „rätselhaftes noch immer nicht genügend erklärtes" staimbort erinnert. Vergleichen wir Altn. stîma luctari, stîm n. lucta, stîmabrak strepitus luctatorum, sowie Dän. stimen Zank und Zusammenlauf von Menschen, Getümmel, Lärm (Schw. stîm. n.), stime sich schaaren, zusammenlaufen, sich zanken und schlagen (vgl. stimes in Molbechs Dansk Dial. Lex.), so rechtfertigt sich dadurch die oben für steim, das nur einer andern Ablautsstufe angehört, vermutete Deutung Kampfgetümmel und unser staimbort tritt somit ein in die Reihe jener Benennungen des Schildes als Kampfschild. Das gleichfalls bei Jeroschin (2ᵈ) vorkommende der materien stîm gehört nicht hierher, sondern zu Altn. stîm n. Faden, Gewebe, wodurch sich die von Pfeiffer für dasselbe vermutete Bedeutung bestätigt.

Schwerer ist die Frage wegen chludun zu entscheiden; man nahm es bald als Verbum, bald als Nom. Plur. und in Composition mit staimbort, hielt chlûd für Nebenform von hlûd oder nahm chludun für hludun als Verbum oder änderte es endlich in chlubun. So ergaben sich nach und nach folgende Uebersetzungen: Steinbarten lauteten (Grimm 1812), Schwertschwinger oder Schildklöber (Lachmann), die Buntschildberühmten (Frommann), Steinschildrandläuter (Wilbrandt), Steinbordspalter (Vollmer), sie stiessen den Steinbesatz der Schilde heraus (Feussner), die Schilde erschallten (Hofmann); Pütz emendierte staimbortâ hludun „die steinernen „Schneiden (der Streitäxte) erklangen." Keiner dieser vielen Versuche ist ohne mehr oder minder grosses Bedenken: eine Widerlegung derselben im Einzeln jedoch würde zu weit abführen und ich wende mich lieber zur Darlegung eines neuen Versuches, von dem ich freilich offen gestehe, dass auch er mir selbst noch keineswegs frei von allen Bedenken erscheint. Im Ags. bedeutet clûd m. rupes, cautes, collis, saxum und clûdig saxeus, saxosus; dazu stimmt lautlich völlig das Engl. cloud nubes; ob auch Älfreds gesceôd mid geclûdedum scôn clavatis calceatus calceis (caligis) Greg. Dial. 1⁴ hierher oder nicht vielmehr mit Lye und Ettmüller zu geclûtod Engl. clouted (geflickt) zu stellen sei, ist mir zweifelhaft; ebenso trage ich einiges Bedenken, das Ndd. klût hierher zu ziehen: bei Zierenberg wird dieses nach einer Mittheilung des Herrn Dr. Bernhardi von einem kleinen Bündel gebraucht, das man auf dem Rücken trägt, und man sagt dort z. B. von einem Bündel Kartoffeln: dat is nich en Sack, dat is man en Klût. Vielleicht besteht Zusammenhang mit Ags. cleóve Ahd. kliuwa Holl. kluwen, kloen globus, glomus. Diese freilich noch keineswegs völlig aufgehellte Zusammenstellung könnte wol für unsere Stelle auf den Schildbuckel (umbo) führen und chlûdun wäre Instr. Plur.

Es fragt sich nun, ob ein Compositum staimbort-chlûd zu statuieren oder staimbort als Nom. Plur. zu nehmen sei: der gegen letzteres geltend gemachte Grund, dass bort Masculinum sei, wird durch das Ags. und das Altn. beseitigt, wo das Wort entschieden Neutrum ist (vgl. z. B. Jud. 317, Exod. 467 und bord tabulae, M. gl. 316). Wir hätten somit, wenn meine Deutung von chlûdun richtig wäre, entweder zu übersetzen: „sie sprengten aneinander mit „den Kampfschildbuckeln," oder: „es prallten (stiessen) aneinander „die Kampfschilde mit den Buckeln." Im letzteren Falle übrigens liesse sich nun auch stoptun doch noch mit dem oben zurückgewiesenen stoppian in Verbindung bringen. Staimbort-chlûdun als Nom. Plur. und Epitheton der Kämpfer selbst etwa als Kampfschildfelsen zu nehmen, gäbe eine allzu kühne Metapher. Sollte aber in chludun wirklich ein Verbum stecken, so würde man am einfachsten auf die Emendation chlubun recurrieren und dann staimbort als Acc. Plur. nehmen.

v. 69: „Die Linden, welche durch die Hiebe zerstückt werden, „können nur Schilde aus abwechselnden Lagen von Leder und ge- „flochtenem Lindenbast sein" (Lachmann S. 157).

v. 70: Das letzte Wort ist nicht wabnum sondern ohne allen Zweifel wambnum zu lesen, wie man es auch früher ohne Be-

denken las; erst Vollmer und Schmeller erklärten es als Schreibfehler für **w â p n u m** und ihnen folgten Andere nach. Massmann
Sp. 465 behauptet, im Facsimile sei der Haken über dem *w* zu weit
nach rechts entrückt und es stehe wirklich **w a b n u m** in der Handschrift: das ist ein entschiedener Irrtum. Der über **w a** befindliche
Strich ist nicht der gewöhnliche Haken über dem *w*, der hier ganz
fehlt, sondern er hat vollkommen die Gestalt wie der über dem *u*
der zweiten Silbe sowie über dem *u* in **s t ô p t u n** Z. 52 stehende
Abkürzungsstrich für *m*, *n*. Was aber die Erklärung von **w a m b -
n u m** betrifft, so kann es nicht Dat. Plur. von **w a m b a** sein, der
w a m b u m lauten müsste, wol aber von einer n-Ableitung dieses
Wortes, von **w a m b a n** oder **w a m b n a**. Dies Wort, das sich freilich in keinem Lexicon findet, könnte etwa **H a u t** (Stierhaut) bedeuten (oder Lederriemen?); so heisst es im Waltharius: **l a n c e a
t a u r i n o   c o n t e x t u m   t e r g o r e   l i g n u m   d i f f i d i t**; vgl. zu v.
69. — Dem **g i w i g a n**, das nur Part. sein kann, legt Lachmann
die Bedeutung **g e m a c h t**, **v e r t h a n**, **w e g g e s c h a f f t** bei und
vergleicht **w î h a n t o** faciendo (gl. Mons. 381), **g i w î h a n** conficere
(ibid. 378), **k a w i g a n   a l t a r** ætas decrepita; vgl. Graff 1, 702
bis 703. — Was endlich das vorletzte Wort betrifft, so lässt das
MS. kaum einen Zweifel darüber zu, dass es **m i t i** und nicht **n i t i**
mit davorstehendem Doppelpunkt lautet; der erste Verticalstrich des
m ist nur in der Mitte zerstört: Eckharts Text bietet **m i t i**.

VII. Schlusswort.

So zum Ende unseres Fragmentes gelangt, drängt sich uns die
Frage auf: welchen Ausgang hatte der Kampf, dessen Schilderung
hier mitten abbricht? Die Erzählung der Vilkinasage und das spätere
Volkslied vom alten Hildebrand (vgl. Grimm 1812, S. 43—58) stim-
men darin mit einander überein, dass der Vater den Sohn überwindet,
ohne ihn zu tödten, und dass nun beide zusammen in Bern einreiten
zu Gattin und Mutter. Aber wie in diesen jüngeren Fassungen der
Sage das, was dem Kampfe vorausgeht, auffallend umgestaltet und
verschoben ist in einer Weise, die ihnen unserem Liede gegenüber
nichts weniger als zum Vorzug gereicht (vgl. Pütz S. 6 — 9), so
dürfte dies wol auch mit dem Ausgang des Kampfes der Fall sein,

obgleich uns hier die unmittelbare Vergleichung fehlt. Die ganze Haltung unseres Liedes macht einen solchen Schluss, wie den oben erwähnten, mehr als zweifelhaft: vielmehr scheint alles und namentlich v. 52—53 darauf hinzuweisen, dass der Ausgang des Kampfes ein tragischer war. Eine Bestätigung dieser Vermutung dürfte sich aus einer Vergleichung der mit unserem Liede bei aller Verschiedenheit so überraschend ähnlichen persischen Heldendichtung von Rustem und Sohrab ergeben [Heldensagen von Firdusi, übers. v. A. Fr. von Schack, Berlin 1851, S. 293—382], weshalb ich den Inhalt derselben, soweit er hier in Betracht kommt, kurz darlege.

Noch vor der Geburt seines Sohnes Sohrab war Rustem von der Gattin fortgezogen. Als der Sohn kaum dem Knabenalter entwachsen war, zog er als jugendlicher Held aus um den Vater aufzusuchen. An der Spitze zweier Heere treffen beide, ohne sich zu kennen, zusammen und Rustem fordert den Sohn zum Einzelkampf heraus. In dem Herzen des Jünglings regt sich mächtig die Stimme der Natur und lässt ihn in dem Gegner den Vater ahnen: er fragt nach dessen Namen und spricht die Ueberzeugung aus, er könne kein anderer sein als der Held Rustem. Doch dieser verläugnet sich, sodass dem Sohn die Hoffnung schwindet, und der Kampf beginnt, der durch die eintretende Nacht unterbrochen wird, um am folgenden Tage fortgesetzt zu werden. In der Nacht drängt sich dem jungen Helden nochmals die Ueberzeugung auf, der Gegner sei wirklich Rustem, und er spricht dies gegen einen der Seinen aus mit den Worten: „Um jenen „Greis bin ich des Staunens voll, mit dem ich heut im Kampf mich „tummeln soll; er ist gleich mir ein hochaufragender Streitheld, ein „im Kampf nicht zagender: an Arm und Schultern gleicht er mir, „als sei nach einem Maass gemacht der Leib der Zwei. Nach sei- „nem Antlitz trag' ich ein Verlangen, sein Anblick treibt die Scham „mir auf die Wangen. Die Zeichen, die die Mutter mir gegeben, „find' ich an ihm; mein Herz fühl' ich erbeben: nur Rustem kann er „sein, da auf der Erde kein Held ist, der mit ihm verglichen werde! „Nicht gegen ihn erheb' ich im Gefechte, nicht gegen meinen Vater „meine Rechte!“ Und am Morgen tritt er dem Rustem freundlich entgegen und die Hand zur Versöhnung bietend spricht er zu ihm die Worte: „Wie schliefst du, sprich, und wie bist du erwacht? „was rüstest du dein Herz zu Streit und Schlacht? Wirf hin die „Keule und das Schwert des Hasses! ruchlos ist dieses Kämpfen,

"darum lass es! Hier lass uns niedersitzen, nicht gleich Streitern,
"nein, Wein mag unsern finstern Blick erheitern! Wir wollen hier
"ein Bündniss schliessen, wollen bereuen unsre Feindschaft, unser
"Grollen! . . . Mein Herz soll seine Liebe dir enthüllen und mit dem
"Nass der Scham dein Auge füllen! Ich sehe dass nicht schlecht dein
"Stammbaum ist: so sage mir, von welchem Stamm du bist! Da du
"mit mir willst gehen in's Gefecht, verbirg mir Namen nicht und nicht
"Geschlecht! Bist du der Herliche, der Ungebeugte, bist Rustem du
"der Sal-Erzeugte?" Doch Rustem weist das freundliche Nahen
zurück, verschweigt seinen Namen, nennt den Sohrab einen Betrüger
und dringt auf Fortsetzung des Kampfes. Da weigert Sohrab wiewol ungern, nachdem alle seine Versuche zur Verständigung fehl-
schlugen, nicht weiter den Kampf, der nun von Neuem entbrennt.
Sohrab bringt den Alten zu Fall und dieser entgeht nur durch eine
betrügerische List dem Tode. Aber zum drittenmale beginnt der
Kampf: Rustem wirft den Sohrab nieder und durchbohrt ihn mit
dem Schwerte. Mit dem Tode ringend bricht der Jüngling in Klagen aus: „. . . . Vom Vater sprach die Mutter mir so viel, und
"dass ich ihn so liebte, darum fiel mein Haupt! Ihn suchend bin
"ich ausgezogen und um mein Leben hat mich das betrogen! die
"Frucht der Mühen hab ich nicht gesehn, ach! nicht des Vaters
"Angesicht gesehn! . . . . Der Grossen wird, der Krieger einer
"schon an Rustem melden, dass du seinen Sohn, indess er
"seinen Vater aufgesucht, zur Erde hinwarfst lieblos und verrucht!"
Da gehen endlich dem Vater die Augen auf: erstarrt stand er, der
Schwindel fasste ihm das Haupt und auf die Erde sank er sinnbe-
raubt; dann rief er, als er wieder zu sich kam, zu Sohrab voll Verzweiflung und voll Gram: „Hast du von Rustem ein Erinnerungs-
"mal? ich selbst bin Rustem!" Ein von der Mutter dem
scheidenden Sohne mitgegebener Onyx, den er an den blossen Arm
gebunden trägt, entfernt jeden Zweifel und der Alte überlässt sich
nun dem Schmerze wilder Verzweiflung. Vergebens eilt er dann fort,
eine heilende Salbe zu holen: bei der Rückkehr findet er den Sohn
bereits verschieden. Abermalige Klagen der Verzweiflung des Vaters,
verbunden mit allen äusseren Zeichen der Trauer, Wehklage von
Sohrabs Mutter u. s. w.

In dieser Darstellung erkennen wir leicht das zu Grunde liegende
ethische Motiv: der Schuld folgt die Strafe auf dem Fusse nach;

der Vater, welcher alle Schritte des Sohnes zu einer Verständigung durch seinen Uebermut und die daraus erzeugte Verblendung vereitelt und die Schuld trägt an dem unnatürlichen Kampfe, wird vom Verhängnis dazu getrieben, dass er der Mörder des eignen Sohnes wird, und nun lastet auf ihm das Bewustsein der unsühnbaren That mit seiner ganzen Schwere: Gewissensbisse und grimme Verzweiflung sind sein Lohn.

In unserem Liede nun sind die Præmissen dieselben wie in der Persischen Dichtung, nur dass Vater und Sohn in Bezug auf die Schuld ihre Rollen wechseln: warum sollte nicht auch der Erfolg ein ähnlicher sein? Wahrscheinlich ward der Sohn, der hier die Schuld trägt, zum Mörder seines Vaters: noch mehr bestärkt werden wir in dieser Vermutung durch jene Stelle in „Matth. Burglechner's zu „Tierburg und Volantsegg andern Theil des tirolischen Adlers von „den Prælaten, Ritterstand . . . . , 1621," welche kürzlich Zingerle in Pfeiffer's Germania II, 435 mittheilte; dort heisst es nemlich: „der alt Hildeprant, so vor Bern ist erschlagen worden." Wir müssen um so mehr den Verlust vom Schlusse unseres Liedes bedauern, da gewis der Dichter, wenn obige Vermutung richtig ist und wir von dem uns Erhaltenen auf das Fehlende schliessen dürfen, in der Darstellung der Reue und Verzweiflung hinter dem persischen Dichter nicht zurückgeblieben sein wird!

———— ⟶⟩✳⟨⟵ ————

Druck von C. L. Pfeil in Marburg.